RINO

DETECTIVE

¡¡¡QUIERO A MI PACOOOO!!!

edebé

© 2015 del texto, Pilar Lozano Carbayo
© 2015 del texto, Alejandro Rodríguez
© 2015 de la ilustración, Claudia Ranucci

© Edición cast.: EDEBÉ, 2015
Paseo de San Juan Bosco, 62
08017 Barcelona
www.edebe.com

Atención al cliente 902 44 44 41
contacta@edebe.net

Dirección editorial: Reina Duarte
Editora: Elena Valencia
Gestión editorial: Elisenda Vergés-Bó
Diseño de la colección: Book & Look

Primera edición, febrero 2015

ISBN 978-84-683-1583-6
Depósito Legal: B. 25303-2014
Impreso en España

RINO
DETECTIVE

¡¡¡QUIERO A MI PACOOOO!!!

PILAR LOZANO CARBAYO
ALEJANDRO RODRÍGUEZ

ILUSTRACIONES DE CLAUDIA RANUCCI

edebé

RINO DETECTIVE

Vivo en el zoo, un lugar aparentemente muy tranquilo..., aparentemente, porque ¡siempre hay algún caso misterioso que resolver! Y entre caso y caso, me dedico a mis actividades preferidas: cuidar de mis magníficos **CUERNOS**, jugar al ajedrez, meditar y, sobre todo, ¡meter las patitas en mi estupenda **CHARCA** bien embarrada! ¡No hay nada como un buen baño!

PACO PAPAGAYO

Soy ayudante del detective Rino, porque, si no fuera por mí, ¿cómo iba a investigar Rino? Es listo, pero es taaaaan lentooooo. Yo soy **RAPIDÍSIMO** y me puedo meter sin que me vean en cualquier agujero. Miro, escucho, espío... Sí, vale, soy un poco **DESPISTADO** y, sí, también soy muy **NERVIOSO**, pero es que me altero porque ¡es tan emocionante ser detective!

CAPÍTULO 1
UNA CASA PATAS ARRIBA

Me había entretenido charlando con los amigos y llegaba tarde a cenar. ¡Muerto de hambre!, abrí la puerta de casa y me fui directo al saco de heno.

Vale que soy un poco miope, pero allí ¡hasta un cegato como yo veía que no quedaba ni una hojita! Alguien había vaciado el saco y desparramado su contenido por el suelo.

Extrañado, miré a mi alrededor. La mesa caída, mi lupa y chaqueta de detective por los suelos, la vajilla destrozada… Con el corazón acelerado me dirigí a mi escondite supersecreto.

—¿Me habrán robado mi tesoro? No, no, ¡por favor! —murmuraba muy preocupado.

¡Buf! ¡Qué suerte! Detrás del macizo de hortensias, perfectamente resguardado entre las piedras, allí estaba, intacto, mi libro: *Manual de detectives para animales*, mi objeto preferido.

«Humm, hummm…, entonces, si no es para robar lo único valioso que tengo, ¿a qué viene este revuelo? ¿Quién me ha puesto la casa patas arriba?», pensé.

Llegué a la conclusión de que, sencillamente, habría sido algún cachorro juguetón. Y no le di más importancia, pero **¡LA TENÍA!**… Todo empezó un día más tarde.

CAPÍTULO 2

¡TRES DÍAS!

—¡Un, dos, tres! —grité sobresaltado.

—¡Un, dos, tres! ¿Qué? ¿Qué pasa, Rino? —se descolgó sobre mi cara la cigüeña Pirula—. ¡Me has asustado!

—Nada, nada, tranquila, ha sido una pesadilla. Estaba durmiendo y un mal sueño ha pasado por mi cabe…

No pude terminar la frase, la preocupación que me había hecho gritar interrumpiendo mi siesta se me hizo presente en ese momento. Con horror volví a gritar:

—¡Tres! ¡Sí, señor, ya van **TRES**!

—¡Rinooooo! ¿**QUÉ** te pasa? Tres ¿**QUÉ**?

—Tres días sin aparecer… ¿No te parece terrible?

Mi amiga Pirula me miró alarmada:

—¿Seguro que estás bien, Rino?

—Yo sí, Pirula…, pero ¿y Paco Papagayo? ¿Le habrá pasado algo? ¡Hace tres días que no viene a verme!

—¡Ah! Era eso, ¡tres días sin aparecer Paco! Bueno, no te preocupes, andará revoloteando con sus amigos, ¿no?

Ese comentario me hirió un poquito.

—¡**YO** también soy **SU AMIGO** y hace tres días que no ha venido a verme!

—Tú eres su amigo, Rino, pero entiéndelo: ¡tú no vuelas!, y a Paco, le gusta volar.

—También le gusta mucho charlar y yo **SÍ** charlo. Esto es muy raro, Pirula.

—Venga, no te preocupes… ¿Una partidita para entretenerte?

Antes de que pudiera contestar, la cigüeña Pirula ya había colocado sobre mi piedra el tablero de ajedrez. Sí, seguramente no tenía por qué preocuparme. ¡Paco se estaría divirtiendo por ahí!

Intenté concentrarme en el juego. Pero ¿era posible? Al sexto movimiento había perdido un montón de fichas: dos peones, un caballo y una torre, ¡qué desastre!

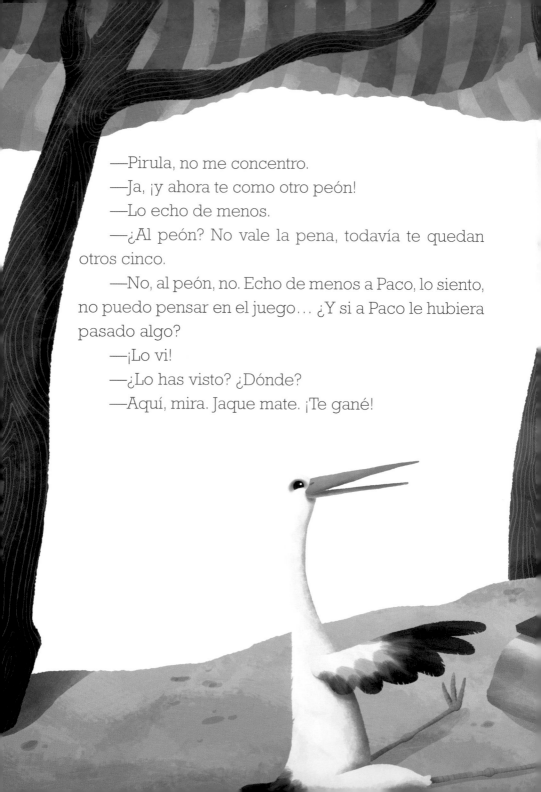

—Pirula, no me concentro.

—Ja, ¡y ahora te como otro peón!

—Lo echo de menos.

—¿Al peón? No vale la pena, todavía te quedan otros cinco.

—No, al peón, no. Echo de menos a Paco, lo siento, no puedo pensar en el juego… ¿Y si a Paco le hubiera pasado algo?

—¡Lo vi!

—¿Lo has visto? ¿Dónde?

—Aquí, mira. Jaque mate. ¡Te gané!

—¡Bah! Da igual. ¿Quién puede disfrutar con el juego cuando se está preocupado por un amigo?

—Bueno, tú eres el detective, sal a investigar…

—¿Investigar un caso sin **MI AYUDANTE**?

Y nada más decirlo, sentí como un vacío en mi estómago.

CAPÍTULO 3

UNA LAGUNA
SIN RASTRO

Decidí ir a buscarle a su casa. Pero no estaba y nadie supo decirme su paradero.

—Pensaba que Paco estaba contigo, Rino. La última vez que lo vi salió volando diciendo que iba a visitarte.

—¿Y eso cuándo fue?

—El martes después del desayuno.

Me empecé a poner nervioso. ¡Precisamente el martes fue el primer día que no vino a verme! Llegué sofocado a casa, directo a consultar mi *Manual de detectives para animales*.

Miré el apartado de «Desapariciones». En el primer párrafo decía:

«Para encontrar a alguien desaparecido, hay que pensar como él, ponerse en su piel, ir a los sitios a los que iría y hablar con las personas con las que él hablaría».

—Bueno, parece fácil —me dije—. En primer lugar, voy a pensar como él. A ver…: «Soy Paco…, y pienso en… en…».

¿En qué pensaría Paco?

Lo imaginé revoloteando a mi alrededor. Alocado, extrovertido, divertido, dicharachero, juguetón…

Me salían muchos adjetivos para calificarlo, pero era incapaz de saber en qué solía pensar Paco.

Resolví cambiar de estrategia: ponerme en su piel.

—Bien, me pongo en su piel. Soy un papagayo…, me gusta volar…, volar…, volaaaar.

Empecé a sacudir las patas delanteras con la rapidez que un rinoceronte puede sacudirlas…, está bien, no con mucha rapidez y, por supuesto, no conseguía ni tan siquiera imaginarme cómo sería eso de andar por los aires. Mi vecina Pirula, mirándome con cara de pena, me devolvió a la realidad:

—¿Intentando volar, Rino? ¿No será más sencillo buscarlo en la laguna? Allí suelen reunirse muchas aves.

—¡Eso es, Pirula! En la laguna. Eres un genio. ¡Salgo volando…! Digo, corriendo.

En la laguna encontré flamencos, colibríes, patos, garzas… Todo tipo de aves.

—Perdonad —dije con educación a una manada de avestruces—. ¿Dónde están los papagayos?

—¿Papagayos? —me respondió un avestruz sacando la cabeza de un hoyo del suelo.

—¡Sí, papagayos! ¿No conoces a mi ayudante Paco?

No hay papagayos en la laguna hoy. Y nunca los hubo.

¿Nunca hubo papagayos en la laguna? Me daba que los avestruces, con esa manía de esconder la cabeza, no tenían ni idea. Opté por preguntar a los flamencos.

—Perdonad, amigos flamencos.

—Dime, mi arrrmaaaa —me contestó uno de ellos con un acento bien extraño.

—¿Sabes en qué parte de la laguna están los papagayos?

Todos los flamencos, ¡y había decenas!, empezaron a reírse a la vez.

Cuando se calmaron, repetí mi pregunta:

—¿Los papagayos no vienen a la laguna?

Volvieron a reírse. **¿QUÉ** era lo gracioso? Me fui con la cabeza gacha. Por detrás alguien gritó:

—¡Rino, los papagayos viven en la selva tropical! Búscalos en los árboles.

De camino de vuelta a casa empecé a pensar que yo en realidad ni sabía cómo pensaba Paco, ni era capaz de meterme en su piel, ni tenía idea de sus diversiones, ni sabía que lo que le gustaba era la selva tropical… Tantas horas trabajando juntos y era un desconocido para mí. ¿Era yo un verdadero amigo?

Este pensamiento, la verdad, me entristeció.

Me acordé de mi padre. ¡Qué listo y qué grande era mi padre! Todo un rinoceronte filósofo. Siempre rumiando, rumiando... ¡Ah!, él tenía frases estupendas para todas las situaciones de la vida.

«En fin, papá..., tu hijo, ya ves, no es filósofo. Me gustaría saber qué me dirías en una ocasión como esta...», pensé.

Me pareció entonces oír en mi memoria su voz profunda:

—*Rino, hijo, cuida a los amigos, porque vivir sin amigos es vivir en un desierto…*

¡Un desierto! ¡Un sitio sin agua! Brrr, mi cuerpo se estremeció. No me imaginaba peor castigo… Tan malo como ¡vivir sin Paco! ¡Pobre pajarillo! ¿Le habría pasado algo malo?

Iba tan ensimismado en mis pensamientos que me tropecé con un animalillo que me esperaba en la puerta de casa.

—¡Pato Patús! ¿Qué haces en mitad del camino?

—¿Qué hago yo? ¡Yo hago mi trabajo! Más bien, ¿qué haces tú, que caminas sin mirar? ¡Has tirado al suelo mi cartera de cartero!

Efectivamente, en el suelo estaban desparramadas las cartas que Pato Patús llevaba para repartir. Entre ellas, una iba dirigida a mí.

¡Una carta! ¡Qué emocionante! ¿Sería de Paco? Humm, venía sin remite. Paco es tan despistado…

Al leerla las piernas me temblaron, el corazón se me aceleró y caí de golpe sobre la charca. Un grito de indignación salió de mi garganta.

Me levanté. Arriba. Abajo. A izquierda y derecha. Ya había recorrido mi parcela veinte veces con la carta en la mano, completamente ofuscado, leyéndola una y otra vez. ¿Sería posible lo que ponía en la carta?

—¡Quienquiera que sea lo pagará muy caro! —grité levantando mi puño al cielo.

Entonces vi que junto a mi valla había todo tipo de animales: mamíferos, reptiles, aves… Todos mirándome fijamente en silencio

—¿Qué pasa? —pregunté asombrado.

—Bueno, Rino, nunca te habíamos visto enfadado. Nos ha avisado tu vecina Pirula y ¡eres todo un espectáculo! —dijo Rodolfo, el oso hormiguero.

—Si no te conociéramos, nos darías miedo auténtico —añadió Aniceto, el puerco espín.

—¿Es que **NO** es para enfadarse muchísimo? ¡Han secuestrado a Paco!

—¿**QUÉEEEEEE?** —gritaron todos a la vez, y se abalanzaron hacia mí para ver la carta.

La valla quedó completamente destrozada. Cuando conseguí calmarlos, les leí:

R -I -N -O:

TENEMOS SECUESTRADO

A PACO.

¿Q -U -I -E -R -E -S R -E -C -U -P -E -R -A -R

A T -U A -Y -U -D -A -N -T -E?

ESPERA NUESTRAS NOTICIAS

NOTA: NO AVISES A LOS VIGILANTES,

O DESPLUMAMOS A PACO.

Todos se quedaron petrificados. Muy serios. No se oyó ni un «¡ohhhh!» en la parcela.

—A lo mejor es solo una broma —dijo la orangutana Malena para darme ánimos.

—Sí, eso —se sumó mi vecina la cigüeña Pirula—, seguro que es una broma. No te preocupes, Rino, al fin y al cabo no te han mandado pruebas de que esté secuestrado.

En ese momento, el cartero Pato Patús se presentó de nuevo.

—Otro envío, Rino —dijo con cara de pena.

Sofocado, muy nervioso, me dispuse a abrir el sobre. Dentro no había ninguna carta.

Solo una pluma cayó en el suelo. Roja, brillante, preciosa.

Era la prueba.

Paco Papagayo estaba secuestrado.

CAPÍTULO 4

EL RESCATE

Ni comer, ni dormir, ni leer, ni nada. Mi cabeza no dejaba de dar vueltas. ¿Qué debía hacer? ¿Tenía que esperar a recibir las «noticias» de los secuestradores, o era mejor buscarlos allá donde se encontraran? ¿Serían capaces **DE VERDAD** de desplumarlo?

Cada minuto que pasaba suponía más peligro para mi amigo Paco. ¡Cómo lo echaba de menos!

Ya lo decía mi papá:

—*«Rino, los animales somos tan brutos que, a veces, solo apreciamos las cosas cuando nos faltan».*

—Sí, papá, pero ahora no estoy para filosofías. Tengo que actuar.

Ya había interrogado a todo bicho viviente del zoo y ¿qué pistas había conseguido? Ni una. Nadie había visto nada sospechoso. Humm, hummm, me dispuse a examinar de nuevo las cartas de los secuestradores.

—¿Otra vez con las cartas? ¡Te las sabrás de memoria! Yo lo único que te digo, Rino —me interrumpió mis pensamientos Pirula—, es que el que las ha escrito es un guarro…, o el guarro es el cartero Pato Patús… Pero es que están hechas un asco.

—Pues sí, la verdad, los sobres están llenos de tierra. ¡Me estoy manchando las pezuñas!

En ese mismo instante se presentó ante mí el cartero Pato Patús, entregándome una nueva carta.

Mi corazón se aceleró. ¿Serían buenas noticias de Paco?

R-I-N-O: TIENES ALGO QUE QUEREMOS:
¡¡¡EL MANUAL DE DETECTIVES!!!
NOS LO ENTREGAS, O
NOS HAREMOS UN EDREDÓN
CON LAS PLUMAS DE PACO
PAPAGAYO.

—¡Un **EDREDÓN** con las **PLUMAS** de **MI AMIGO PACO**! —grité muy alterado.

—¡Un edredón con plumas de papagayo! ¡Genial!
—exclamó Pato Patús.

—¿Quéeee? —intervino con cara de enfado Pirula.

—Bueno, no te enfades, solo que me alegro de que se haya pasado la moda de los edredones de plumas de pato. ¡Voy corriendo a informar a la manada! —dijo Pato Patús, mientras salía precipitado de mi casa.

Me pareció de mal gusto el comentario de Pato Patús, pero tenía cosas más importantes en las que poner atención. Releí la carta.

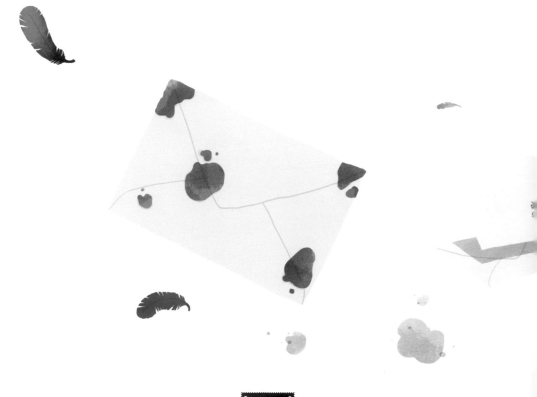

Tenía que entregar el *Manual de detectives para animales*, pero ¿a quién? y ¿dónde? En el propio manual lo dice muy claro:

«El secuestrador fijará una hora y un lugar para el intercambio».

—Y en la carta no lo pone —dije desconcertado.

Fue Pato Patús, que volvía corriendo sofocado, quien me aclaró el asunto.

—Perdona, Rino, ¡se me olvidó entregarte la otra carta!

—¿Otra más? ¡Está llena de tierra otra vez! —protesté—. ¿Qué pasa? ¿Se te ha caído también al suelo?

—No, no…, la he recogido del buzón como todas las demás.

—Y el buzón, ¿está bajo tierra o qué?

No esperé respuesta. Lo que me interesaba era el contenido de la carta, porque, ¡cómo no!, era también de los secuestradores:

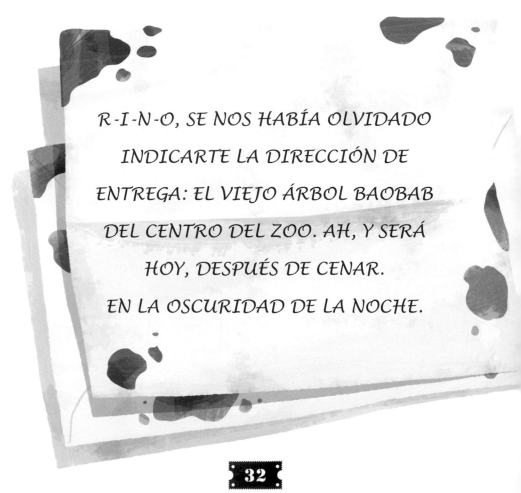

R-I-N-O, SE NOS HABÍA OLVIDADO

INDICARTE LA DIRECCIÓN DE

ENTREGA: EL VIEJO ÁRBOL BAOBAB

DEL CENTRO DEL ZOO. AH, Y SERÁ

HOY, DESPUÉS DE CENAR.

EN LA OSCURIDAD DE LA NOCHE.

—Rino…, ¿entregarás tu *Manual de detectives para animales* a los secuestradores?

Miré a los ojos a Pirula y, tras un largo silencio intencionado, le contesté:

—Mi querida Pirula, ¡**NADIE** hace chantaje a Rino detective!

La frase me había quedado muy bien, pero… ¿por mi querido manual iba a dejar que desplumaran a Paco?

Humm, hummm.

CAPÍTULO 5

¡VAYA UNA ENTREGA!

La imagen de mi amigo «desplumado» me atormentaba. Con lágrimas en los ojos, ¡pobre Paco!, saqué el *Manual de detectives para animales*. Me disponía a ir a la cita con los secuestradores.

Pirula se prestó a acompañarme.

En el camino no paró de hablarme sobre que una vida valía más que un tesoro y que hacía muy bien en entregar el manual para salvar a Paco y…, y…, y…

—Sí, sí…, pero ya parlotearemos cuando el caso se resuelva, ¿eh, Pirula? Ahora necesito estar concentrado y en silencio.

Torció un poco el morro, digo el pico, y ¡por fin se calló! Nos colocamos los dos bajo el viejo baobab. El silencio de Pirula apenas duró un minuto.

—¿Por dónde vendrá? —preguntó Pirula.

—No lo sé. Y no es uno, son varios los secuestradores. En las cartas hablaban en plural… «nos lo entregas» —decían—. Por lo que son varios.

—Pero ¿falta mucho?

—¿Cómo quieres que lo sepa? Shhh, silencio.

—¿Y si se les ha olvidado que era hoy?

—¿Cómo se van a olvidar? Ten paciencia.

—Ya, pero tengo calor.

—Shhh.

—Es que me aburro —dijo Pirula—, me aburro mucho.

Pirula me estaba recordando a Paco. ¿Por qué son tan nerviosas las aves?

—¡Un momento! —gritó de nuevo Pirula.

—¡Basta, por favor! ¿No puedes estar calladita un rato?

—Sí, claro, yo solo quería decirte que esa piedra…, en fin, si no te interesa…

—No, no me interesa… Me interesa que estés en silencio y vigilando, ¡por favor!

—Vaya, Rino, yo solo quería decirte que esa piedra ¡se mueve!

—Te digo que no me interesa si se mue… ¿QUÉ PIEDRA dices que se MUEVE?

—¿No dices que no te interesa? —contestó Pirula algo ofendida.

¿Somos o no somos gente paciente los rinocerontes? ¡Lo somos!, pero todo tiene un límite. Un bufido mío hizo que Pirula entrara en razón.

—¡Esa, esa piedra!… ¿No ves cómo avanza hacia nosotros?

Encendí mi linterna de detectives y enfoqué hacia donde me indicaba Pirula. No daba crédito. Hacia nosotros avanzaba como por arte de magia una piedra grande y plana. No se veía a nadie empujándola…, a no ser que…

Una vez se plantó a nuestros pies, distinguimos que había un papel encima. ¿Adivináis? Sí, lleno de tierra. Lo leí:

Pon el *Manual de detectives para animales* encima de esta piedra. NO intentes buscarnos. CUMPLE y liberaremos a Paco.

Las cartas con tierra, el misterioso movimiento de la piedra... Mi intuición de detective me decía que los secuestradores ¡estaban bajo tierra!

—¿Les vas a entregar tu libro o no, Rino? —interrumpió mis pensamientos la impaciente Pirula.

—Claro, claro..., no puedo hacer otra cosa. Pásamelo.

—Toma, ¡huy, qué pringoso está! Deberías limpiarlo más a menudo.

Lo deposité sobre la piedra, tal como me pedían los secuestradores. La piedra, misteriosamente, se alejó.

Me adelanté para seguirla.

—¡No! Rino, no vayas. Debe de ser gente muy peligrosa. Controla la magia.

—No, Pirula, no controlan la magia, es una piedra llevada por criaturas subterráneas.

—¿Criaturas subterráneas? —gritó incrédula Pirula.

—¡Shhh, shhh, mira, Pirula!

De nuevo la piedra avanzaba hacia nosotros. Esta vez con un bulto encima. La iluminé con la linterna.

—¡Pacoooo! —gritamos a la vez Pirula y yo.

Sí, allí estaba, Paco Papagayo amordazado. Lo desaté y le hubiera dado un gran abrazo, pero una cascada de palabras inundó la noche:

—Gracias, Rino, ya no podía más. ¡Tres días con una venda en los ojos y sin poder hablar ni una palabra! ¡Eso ha sido lo peor!

—Pero, Paco…

—No te preocupes, Rino, estoy bien, estoy bien, tranquilo, pero ¡sin hablar! ¡Cómo he sufrido! Pero, ¡ah!, yo sabía que tú, Rino, el gran detective, tú me salvarías, no estaba preocupado… Pero sin hablar ¡tres días! ¡Qué tortura!

—Pues no sabes —le interrumpió Pirula—. ¡Cómo ha sufrido Rino! Él también prácticamente sin hablar… Rumiando, rumiando y suspirando.

Los dos pajarillos seguían hablando y hablando. Allí los dejé. Tenía cosas más importantes que hacer. Cosas como olfatear el suelo.

—Hum, humm, por aquí, sin duda, por aquí…

—¿Qué haces, Rino? Vamos a casa, ¡necesito un baño! —me interrumpió Paco.

—Busco a los culpables.

—¿Olfateando como un perro?

—¿Crees que los perros son los únicos que tienen buen olfato? —dije molesto—. Los rinocerontes también.

—Ya, ya, Rino; pero, a mí, esos secuestradores ¡me dan miedo! ¡No quiero volver a verlos!

—¡Ah! ¿Los viste? ¿Quiénes eran?

—No, no los vi… Quiero decir que no quiero ni verlos, ni oírlos, ni encontrarlos, ni saber nada de ellos.

—Está bien, Paco, si tú no quieres, no los busco. Total, te han devuelto sano y salvo. ¡Solo se han quedado con el *Manual de detecti*…!

—¡TU *MANUAL DE DETECTIVES*! —gritó Paco—. ¿Les has entregado el **MANUAL** para **SALVARME… A MÍ**?

Una lágrima de emoción rodó por la mejilla de Paco.

—No te emociones tanto, Paco, que ese libro estaba superpringoso —intervino Pirula.

—Lo envolví en un plástico untado con miel para poder seguir el rastro. Por eso estaba pringoso —protesté.

Me miraron y sin más comentario, cosa muy rara en ellos, se pusieron conmigo a olfatear. El intenso olor a miel terminaba en la entrada a una madriguera.

—Criaturas subterráneas. Te lo dije, Pirula. Todo concuerda. Las cartas manchadas de tierra, la piedra que se mueve sola…¿Quiénes serán y para qué querrán el *Manual de detectives para animales*? Y, sobre todo, ¿qué **HACEN BAJO TIERRA**?

—Creo que hacen túneles y túneles. Túneles muy largos y viven en ellos.

—Serán hormigas…

—O lombrices…

—O topos…

—Todos los túneles convergen en la gran cueva del zoo. Algo me dice que allí se resolverá este misterio. Vamos allá.

—¡Qué emocionante! —apenas salgo de un secuestro y ya ¡tengo un nuevo caso de ayudante! —gritó muy contento Paco.

Sí, era delicioso tenerlo de nuevo.

CAPÍTULO 6

LA GRAN CUEVA

—¡Auuuauu! —bostezó Paco—. ¡Me aburro como si estuviera secuestrado! ¡Aquí no pasa nada!

Llevábamos escondidos una hora en la gran cueva del zoo.

—Shhh, silencio.

En ese mismo momento, se comenzaron a oír ruidos y murmullos desde todos los puntos de la cueva.

Decenas de topos, ratas, lombrices, hormigas y otros animales subterráneos se agolpaban en el centro. Un extraño y pequeño animal, con manchas negras en los ojos y aupado sobre dos patas, tomó la palabra a gritos:

—Aquí estamos, los animales feos, los olvidados. No provocamos sonrisas ni afecto, sino miedo y asco. A ningún niño veréis jugando con nosotros.

Todos asentían compungidos en silencio.

—Pero nuestra suerte ha cambiado. Tenemos… ¡¡el LIBRO!!

—¡Ohhhhh! —se oyó por toda la cueva.

—El *Manual de detectives para animales* —dijo mostrándolo con aire de triunfo—. Este libro permite

descubrir a los criminales… y **LO MÁS IMPORTANTE**, también permite a un criminal saber **CÓMO NO SER DESCUBIERTO**. Con él… ¡dominaremos el mundo!

—¡¡Bieeen!! —gritaron todos mientras aplaudían a rabiar.

—Aquí está la clave para cambiar nuestro destino. Este libro… que está bien sucio, como su anterior dueño, por cierto.

No pude contenerme ante esta afrenta. Salí de mi escondite y grité:

—¡No está sucio! Lo embadurné de miel para seguir el rastro de los secuestradores.

—¿Qué haces en nuestro territorio? ¡Apresadlo! —gritó el animal pequeño.

Un puñado de lombrices vino hasta mí y se quedaron paradas.

—Esto… y ¿cómo lo apresamos? —dijo una de ellas.

—¡Rápido, el ejército de topos, a por él!

Pero los topos, al ser ciegos, salieron corriendo por otra galería.

—¡Sois un atajo de estúpidos! —chilló el líder.

—¿Y tú? —preguntó Paco.

—Yo soy muy listo, soy un suricato muy listo. Me llamo Suri Suricato.

—¿Surigato?

—Suricato, con C. De la familia de las mangostas —dijo orgulloso.

—¿De las langostas?

—¿Acaso tengo aspecto de langosta?

—Quizá con unas pinzas…

—¡A callar, animales de la luz! —gritó Suri Suricato—. Durante siglos hemos tenido que soportar la admiración que producíais, mientras nosotros éramos olvidados.

Y con tono de burla continuó:

—¡Qué fascinante el laaaargo cuello de la jirafa! ¡Qué fiero el león! ¡Cómo corren los guepardos!… Nadie nunca supo valorar cómo se podía guiar un topo por galerías subterráneas, cómo las lombrices airean y fertilizan los suelos… Somos animales callados, trabajadores y humildes, pero estamos hartos. Ahora dominaremos el mundo.

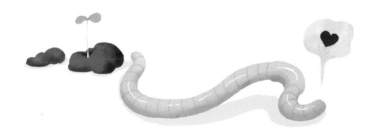

—¿Para qué queréis dominar el mundo? —pregunté intrigado.

—¡Para que nos conozcan!

—Nadie debería dominar, ¿no? Los animales deberíamos ser iguales —intervino Paco muy agitado.

—Sí, pero, por desgracia, hay animales más iguales que otros. Nadie nos quiere —contestó con tristeza Suri Suricato.

—Y menos si andáis por ahí secuestrando inocentes…

—Eso, para ti, Rino, es fácil decirlo, porque naciste al otro lado del suelo, pero nosotros…

Mi olfato de detective me decía que a lo mejor algo de razón tenía.

Les hice una propuesta. Me devolvieron el manual, algo lleno de tierra…, pero perfectamente legible, y yo, bueno…, prometí ayudarlos.

Unos días más tarde una gran pancarta recibía a los visitantes del zoo:

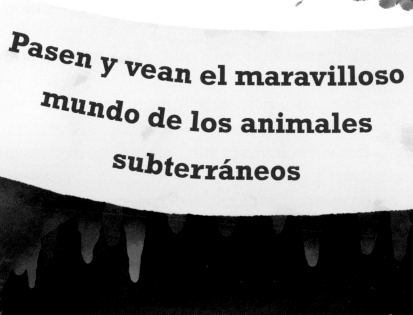

Pasen y vean el maravilloso mundo de los animales subterráneos

Cientos de niños hacían cola para ver la nueva exposición.

A la semana, Suri Suricato y sus compinches estaban tan contentos que habían decidido celebrar una fiesta nocturna.

Cuando me acerqué, la gran cueva central estaba repleta a reventar. Alguien la había iluminado con focos de colores. ¡Un ambientazo!

—Es increíble, Rino, a los niños les encanta nuestro mundo —me decía Suri, ofreciéndome un batido que sabía a, a…, a tierra, la verdad.

Cientos de hormigas y lombrices se subían por mis piernas para darme las gracias. ¡Buf! Era un cosquilleo irresistible. Decidí retirarme.

Normalmente me habría ido a darme un baño en mi charquita de lodo, pero ese día tenía otros planes.

—Rino, ¿qué haces aquí? ¿No estabas en la fiesta? Yo no puedo ir porque ese olor a tierra me trae malos recuerdos, pero tú… —dijo Paco.

—He venido a verte —lo interrumpí.

—¿Ah, sí? ¿Para qué?

—Para nada en especial, para estar contigo.

—¿Conmigo? ¿Por qué? ¿Para qué?

—Somos amigos, ¿no? Para estar contigo, sin más.

—Para estar, sin más… Para verme… Rino, dime, ¿tú estás bien? —gritaba Paco revoloteando nervioso.

—Sí, Paco, estoy bien, muy bien, ¿charlamos?

—Así, sin más…, pues sí, claro, vamos a charlar…

Y se puso a parlotear durante horas, sin apenas dejarme decir nada.

De vuelta a casa, recordé a mi padre bañándose en la charca mientras me decía:

—«Rino, **NADIE ES PERFECTO**, *pero eso… ¡NO LO HACE MENOS ADORABLE!*».

CIGÜEÑA

¿Has visto esos grandes nidos en las
torres, chimeneas o en los campanarios de las
iglesias? Sí, son nuestros. Es ahí donde nos
gusta vivir a las cigüeñas, en el edificio más alto
del pueblo, contemplando el paisaje.
Nos gusta el calorcito. Así que en primavera nos
instalamos en el sur de Europa y ponemos grandes
huevos, tres o cuatro, de los que un mes más tarde
salen pequeñas cigüeñitas… Pasamos el verano
cuidando a nuestras crías y cuando empieza el
frío, toda la familia nos trasladamos a África para
pasar un invierno calentito. Para entonces nuestras
crías ya han crecido y mucho…, porque una cigüeña
puede llegar a medir 1,30 metros de longitud.
Nos gustan los lugares pantanosos porque es ahí donde
encontramos nuestro alimento: ranas, pequeños reptiles
y algún roedor.
Nuestro plumaje es blanco con un toque negro en las
alas muy elegante. Nuestras patas son muy altas y el
«traje» lo rematamos con un pico anaranjado a tono con
nuestras patas. Y tengo que decirlo…, lo que nos ha
hecho famosas durante años y años ha sido que se decía
que éramos las cigüeñas las que traíamos a los bebés
desde París…

PATO

Cuello ancho, patas cortas y buenos
nadadores. Así somos los patos. Nos
gusta vivir en zonas pantanosas,
lagos y ríos porque nos pasamos
el día en el agua. A los patos nos

gusta todo tipo de comida, pero los que somos patos «nadadores» lo que más nos gusta comer son plantas, y los que somos patos «buceadores» sumergimos la cabeza y buscamos nuestro alimento en el agua. ¿A que has visto muchas veces a un pato con la cabeza dentro del agua que deja solo las patas y la cola fuera? ¡Es un pato buceador buscando comida!

Hay muchos tipos de patos: pato cabeza negra, pato cabeza castaña, ánade real, pato cuchara, pato colorado, arlequín… Nuestro aspecto y plumaje es diferente, pero lo que todos tenemos en común es que somos excelentes nadadores, aunque terriblemente «patosos» caminando fuera del agua.

Nuestras plumas dan mucho calor y por eso estamos muy valorados para la confección de edredones. Además, cuando nos cocinan estamos riquísimos y con nuestro hígado se fabrica un excelente foie gras. Pero de estas cosas no nos gusta mucho hablar…

SURICATO

Los suricatos somos pequeños mamíferos, apenas llegamos a pesar un kilo, que habitamos en el desierto de Kalahari y el Namib, en África. Somos muy sociables, amistosos, inteligentes y curiosos. Y porque somos muy simpáticos, en África nos aceptan como animales de compañía, aunque a nosotros nos gusta más vivir en grupo. Tenemos unas garras muy fuertes y curvadas, preparadas para excavar. Así nos construimos grandes redes subterráneas con múltiples entradas que cubrimos con heno para que no se nos «cuele» nadie.

En estas madrigueras pasamos la noche y durante el día nos encanta salir al sol.

Nos alimentamos de pequeños roedores y de insectos…, pero hay muchos depredadores a los que les gustamos mucho como manjar. Así que en la superficie nos verás muchas veces con el cuerpo erguido y bien estirado, en estado de alerta, dispuestos a enseñar nuestras garras para defendernos, o salir corriendo hacia las madrigueras. Nuestra cabeza tiene forma de cono y termina en un hocico. Generalmente somos de color gris moteado, canela o marrón. Nuestro hocico es marrón y la cola de color amarillo-canela con la punta de color negro. Lo más característico son nuestros parches de color negro alrededor de los ojos.

¿Todavía no nos reconoces? ¡Pues nos hemos hecho muy famosos desde que nuestro amigo Timor actuó en la película *El Rey León*!